ATRAPADOS

OLIVER JEFFERS

LOS ESPECIALES DE
A la orilla del viento
FONDO DE CULTURA ECONÓMICA
MÉXICO

Para los que estuvieron ahí: papá, Rosebud, Davebud,
el hermano, el otro hermano, Arn, Chester y San

Distribución mundial

© 2011, Oliver Jeffers, texto e ilustraciones
El autor-ilustrador afirma el derecho moral de ser
identificado como el autor-ilustrador de esta obra.
Publicada originalmente en inglés por HarperCollins
Publishers Ltd. con el título: Stuck

D. R. © 2012, Fondo de Cultura Económica
Carretera Picacho Ajusco 227, Bosques
del Pedregal, C. P. 14738, México, D. F.
www.fondodeculturaeconomica.com
Empresa certificada ISO 9001: 2008

Colección dirigida por Eliana Pasarán
Formación y caligrafía: Miguel Venegas Geffroy
Edición y traducción: Mariana Mendía
Traducido con autorzación de HarperCollins
Publishers Ltd.

ISBN 978-607-16-0806-2

Se terminó de imprimir en marzo de 2012
El tiraje fue de 11000 ejemplares

Impreso en China • Printed in China

Primera edición en inglés,   2011
Primera edición en español, 2012

Jeffers, Oliver
   Atrapados / Oliver Jeffers ; trad. de Mariana
Mendía. — México : FCE, 2012
   [32] p. : ilus. ; 31 x 23 cm — (Colec. Los
Especiales de A la Orilla del Viento)
   Título original: Stuck
   ISBN 978-607-16-0806-2

   I. Literatura infantil I. Mendía, Mariana, tr. II.
Ser. III. t.

LC PZ7   Dewey 808.068 J754a

Comentarios y sugerencias:
librosparaninos@fondodeculturaeconomica.com
Tel.: (55)5449-1871. Fax: (55)5449-1873

Todo comenzó

cuando la cometa de Floyd se quedó atrapada en un árbol.

Intentó bajarla y hasta se colgó de ella, pero fue imposible hacerla caer.

Pero todo se complicó

cuando lanzó su zapato favorito
para tirar la cometa...

y ¡también se quedó atrapado!

Arrojó el otro zapato para que
su zapato favorito cayera...
e, increíblemente, también
se quedó allí.

Para poder tirar su otro zapato,

Floyd fue por Mitch.

Los gatos siempre se
quedan atrapados en los
árboles, pero esto ya era
ridículo.

Floyd fue por una escalera.

Iba a solucionar esto
de una vez...

Así que arrojó la escalera.

Seguro adivinas lo que pasó.

La escalera era de la vecina,
y DEFINITIVAMENTE
necesitaba devolverla antes de
que alguien se diera cuenta...

Así que Floyd le lanzó
una lata de pintura.

¿Y qué pasó?
Que la lata de pintura
se quedó atrapada.

Entonces intentó con...

un pato para tirar
la lata de pintura...

una silla para
tirar el pato...

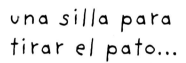

la bicicleta de
su amigo para tirar
la silla...

el fregadero de la cocina
para tirar la bicicleta
de su amigo...

la puerta de su casa
para tirar el fregadero...

el coche de sus papás
para bajar la puerta
de su casa...

el lechero
para tirar el
coche de sus
papás...

un orangután para bajar al lechero
—que seguro tendría que estar
trabajando—...

un bote para bajar
al orangután...

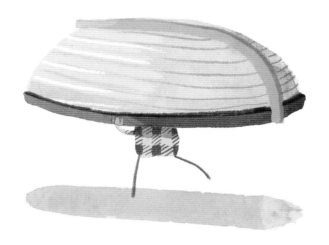

un buque para
tirar el bote...

un rinoceronte para bajar el buque...

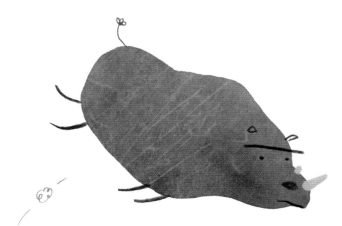

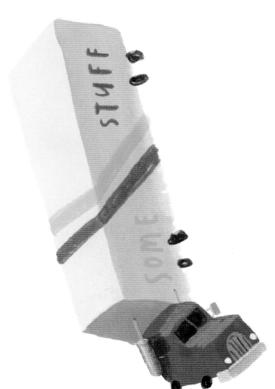

un camión para bajar el rinoceronte...

la casa de enfrente para tirar el camión...

un faro para bajar
la casa de enfrente...

una ballena curiosa, en el lugar
y el momento equivocados,
para bajar el faro...

TODO

se quedó

atrapado.

Un camión de bomberos que
pasaba por ahí oyó el alboroto.
Los bomberos preguntaron
si podían ayudar...

y salieron volando...
primero el camión,

luego los bomberos.

Quedaron atrapados entre
el orangután y el buque.

De seguro todo el mundo iba
a notar la desaparición de
los bomberos. Floyd sabía
que estaría en problemas.

Entonces,
tuvo una idea

y corrió a buscar
un serrucho.

Lo alineó lo mejor
que pudo...

y lo arrojó con fuerza
hacia arriba.

¡Y por fin lo logró!
No había más espacio
en el árbol y la cometa
cayó.

Floyd estaba muy feliz.
De hecho, ya había olvidado
que todo comenzó por su cometa,
así que se puso a jugar con ella
y se divirtió mucho el resto del día.

noche se fue a la cama exhausto;
antes de dormir sintió que olvidaba algo.